莫內與貓的奇幻旅程

莉莉·莫瑞／文　貝琪·卡麥隆／圖

游珮芸／譯

獻給芙蕾雅—— LM
獻給安德魯—— BC

三民書局

莫內是位有名的畫家，
他有一隻神奇的貓咪，名字叫做琪卡。

她是由精細的陶瓷製作而成，躺在一塊布墊上，
冰冰冷冷、硬梆梆的，直到……

莫內用他的筆刷，輕輕在她身上點三下。
琪卡就活過來了！

她打個哈欠，伸了伸懶腰……

然後張開她的眼睛。

探險的時間到了！

不過，外頭下雨不能出去。

所以她跑向走廊。

「琪卡？」莫內叫喚著，
「妳要去哪裡？」

「妳是不是又要惡作劇了？」

可是，琪卡不在桌子下面，

也沒有跳到椅子上。

「她會去哪裡？」

這時，莫內發現琪卡⋯⋯

……跑進了他的畫裡。

「琪卡！」莫內大叫，「快出來！」
可是，琪卡根本不聽話。
「天哪，」莫內嘆口氣：「我來啦。」

莫內站在陽光下，深深吸了一口氣，
空氣中瀰漫著夏日花朵的清香。

「我記得在畫這幅畫時，」他說。
「那天我們享用了美味的午餐。那是我兒子，
尚，正在玩他的積木。」

「可是，琪卡在哪裡？」

琪卡悄悄的從桌布底下鑽出來，
然後一躍跳上桌子。

她舔了舔茶杯裡的牛奶，

還小口小口咬著一塊
外皮酥脆的麵包。

「喂！」尚叫道：「有隻頑皮的貓咪
正在吃我們的午餐。別擔心，我會抓到她。」

不過，琪卡跑很快，尚根本追不到。

「等等，琪卡！」莫內大聲叫著。
可是琪卡已經跳出了這幅畫……。

莫內也跟在後面，跌出了這幅畫。

「喔，不！不要再跑進去了。」莫內氣喘吁吁的說。
不過已經來不及了，琪卡跑進第二幅畫裡。

莫內跟著她跳進去，然後「砰」的一聲摔倒在地上。
四周都是人，大家匆匆忙忙、來來去去。

「我在哪裡呢？」莫內遲疑了一下。

這時，他聽到震耳欲聾的 咻——咻！咻————咻！

他知道了：「這裡是聖拉薩車站，震動的引擎、鏗鏘作響的金屬，
還有趕時間的人群。」

環繞在莫內周圍的蒸氣和灰煙，
像巨浪一般湧向了高聳的拱型屋頂。

「可是，琪卡在哪裡？」

琪卡在蒸氣的雲朵間跳舞。

莫內在她後面追著，
穿梭在擁擠的人群裡，
跑得上氣不接下氣。

「**抓住**那隻貓！」
車站的站長一邊吹著哨子，一邊叫道。

這時，莫內看見琪卡——在一輛火車上。

「快下來，琪卡！妳又沒車票。」

「她接下來會跑到哪裡……？」

「海邊！」莫內說，
他坐下來喘一口氣。

旗子隨風飄揚、陽傘轉動著、雲朵在天空賽跑⋯⋯
看著這樣的景色，莫內露出微笑。
海邊總是有種氛圍，
讓他感受到度假的氣息。

琪卡興奮的搖著尾巴……

她匍匐前進……

猛然一撲！

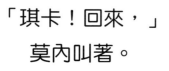

「琪卡！回來，」
莫內叫著。

「抓住妳了。」

他們在海灘共享一支冰淇淋。
「我不想現在就結束我們的歷險，」
莫內接著說：「我們再去另一幅畫裡走走吧。」

「這裡，」莫內說：「是世界上我最喜歡的地方。
我可以一直一直畫蓮花池——池水、睡蓮，還有藍綠色的葉子，
一切是如此祥和。」

可是，琪卡好像發現了什麼……

莫內才低頭看，琪卡就
伴隨著巨大的水花，

掉進了蓮花池的正中央。

「喵嗚！」琪卡慘叫了一聲。

「喔，琪卡，」莫內把她撈了起來，笑著說：「我們回家吧。」

莫內回頭看著他的畫作。
畫面都亂成一團了。

至於琪卡呢？她把尾巴舉得高高的，
漫步走回她最喜歡的地方。

莫內發現她閉著眼睛，
蜷伏在一縷陽光裡。

「我想妳今天已經搗蛋夠了，」莫內說著，
拿起筆刷，輕輕在琪卡身上點三下。

琪卡馬上變回冰冰冷冷
又硬梆梆的陶瓷。

窗外，太陽開始在天空中移動。
「好美麗的光線啊。」莫內說，一面拿起他的畫具，
「祝妳好夢，琪卡，」他輕聲說著：「下次見囉……。」

〈午餐〉，1873

〈圖維列的海邊木板路〉，1870

〈睡蓮・綠色的和諧〉，1899

〈聖拉薩車站〉，1877

眞實世界中的「琪卡」

琪卡，這隻神奇的貓咪，是根據真實存在的陶瓷貓所創作的。它是莫內收到的禮物，多年來一直蜷伏在一塊布墊上，放在莫內位於法國吉維尼的家中。

這個陶瓷貓後來出現在莫內次子米歇爾家中。可是，米歇爾過世之後，它就不見蹤影了。原來，米歇爾將它跟許多幅莫內的畫作一起，送給了女兒羅蘭德‧韋爾內熱。

這個陶瓷貓在人們的視線中消失多年，大家以為它再也不會出現了。然而，2018 年一位來自英國藝術拍賣公司佳士得的藝術品鑑定家，拜訪了羅蘭德的女兒，發現在她公寓裡的鋼琴上，正坐著那隻白色的陶瓷貓。

有位日本的藝術收藏家買下了這個擺飾，並且慷慨的將它捐給克勞德‧莫內基金會。基金會負責運作莫內在吉維尼的故居，讓訪客參觀。

現在，莫內的貓回到了吉維尼，被擺在飯廳裡，安詳的睡在布墊上。或許，她正夢見她的下一段冒險旅程……。

© 莫內與貓的奇幻旅程

文字／莉莉‧莫瑞　繪圖／貝琪‧卡麥隆　譯者／游珮芸　責任編輯／蔡智蕾
美術編輯／陳惠卿　出版者／三民書局股份有限公司　發行人／劉振強
地址／臺北市復興北路 386 號（復北門市）　臺北市重慶南路一段 61 號（重南門市）
電話／(02)25006600　網址／三民網路書店 https://www.sanmin.com.tw
書籍編號：S859371　ISBN：978-957-14-6952-2　2020 年 11 月初版一刷

Monet's Cat

Illustrations © Becky Cameron 2020

Text by Lily Murray. Text © Michael O'Mara Books Limited 2020

First published in Great Britain in 2020 by Michael O'Mara Books Limited,

9 Lion Yard, Tremadoc Road, London SW4 7NQ

Traditional Chinese translation rights © 2020 San Min Book Co., Ltd.